見たやうな

古田紀一句集

本阿弥書店

句集　見たやうな＊目次

平成二十年　四十九句……5
平成二十一年　六十三句……33
平成二十二年　七十四句……67
平成二十三年　七十七句……107
平成二十四年　七十句……149
あとがき……186
季語別索引……188

装幀　花山周子

句集

見たやうな

古田紀一

平成二十年

四十九句

荒行の山のはだかる寒の鯉

寒鯉の水のしづまる祝ごと

地吹雪にわれ一塊となりにけり

大き家のしづまりかへる雪解かな

砂丘いま形変へつついかのぼり

足もとの砂刳る風いかのぼり

山鳩のこゑが身を過ぐ蕪城の忌

頬白のまだ群れ解かず赤彦忌

拾ひたる棒突いてみる西行忌

峡深し種漬花に捨てたる田

踞み見て種漬花の揺れどほし

庭木みな二代三代春闌ける

桜貝海はふたたび遠きもの
ちちははははるかなる先かげろへる

上越市直江津　二句

碑に安寿厨子王海霞む

慰霊碑や人買船の霞む沖

耶蘇地蔵までの狐の牡丹かな

家ぬちの暗し蜥蜴を見たるあと

紙魚の書に向かひたらんに逝きにけり

謡ひけり滝を崇める人々ら

横浜　四句

海見ゆる丘に生まるる瑠璃たては

香水やフランス山へ船の笛

汗みんな出て魂も抜けにけり

異人墓碑建てしは女人椎の花

草刈女疎水に己が身を写し

炎天の焚火燻り鶫猛り

通るとき声かけてくる涼みびと

風死して物音もなし金気水

水中花置いてさみしき顔を見す
身を少しずらし涼しくなりにけり

蟬暑し蟬涼し杜抜けにけり

夜顔の開きはじめし左馬

山霧に長十郎の木を残す

部屋にゐて草の香強き日なりけり

静かなるアメリカ帰り月見酒

縄文の講演聴きに荻すすき

人ごゑのあたりに散つて秋桜

頂上に杖捨ててあり鷹渡る

墓見えて二のふるさとや蔓たぐり

敗将として綿虫のただよへる

もてなしやストーブに湯の吹きこぼれ

姨捨の麓の宮の七五三

鷹匠の鷹のかなしき声発す

放鷹や羽裏の縞のきはやかに

冬服を鎧ひさびしき両手かな

木へ移りふくら雀となりにけり

館に入るぞろぞろ冬の匂ひもて

展示せる電話一番冬の里

つと音の絶えて兎の耳目かな

平成二十一年

六十三句

庭に出て鴉に啼かる寝正月

上伊那辰野の一地区に、大文字《だいもんじ》（でえもんじ）という
小正月の行事あり　四句

でえもんじ里曲ひそかに刻移る

松籟を誘ひたりけりでえもんじ
でえもんじ撓ひしなひて犬吠ゆる

仙丈岳に見ゆる雪煙でえもんじ
ゐまひけり凍えきつたる声をもて

烈風に耳を失ふ寒九かな

遠き日　二句

歌留多して一家に炬燵一つなる

座をはづしたる母呼びに絵双六

隼の風の眼光たかたぬき

伊那辰野

福寿草まつりや山羊の乳も売り

恋猫や葬祭けふはなき館

表札を剝がしたるあと彼岸西風

屯すも颯々たるも卒業期

野遊に遅れ加はる人の声

オルゴール止まる一韻春の暮

小高きへ小道はありぬ花辛夷

写生子に托鉢僧に花吹雪

虚ろよりいくたび戻る花吹雪

種播爺常念坊と田水張る

雀らに雀隠れや休館日

髭もじやらなる男をり大牡丹

散りはじむ炎天の野の人だかり

古町の二階の座敷桐の花

小満や出席の諾はやばやと

蕺《どく》菜《だみ》やわが庭を誰が抜けゆきし

大伸びに蚯蚓のよぎる雨の道

汗拭ひ小心見透かされにけり

蛇除けの棒持ち歩き地に詳し

菩提樹の許にはじまる蟻の道

森抜けて来し顔白しほととぎす

走り根の隆々とあり大南風

また外へ出づシャーベット食べし児ら

向日葵は日にまみれ村ひそかなる

裏方は巻尺持って祭まへ
下闇のどこかに陰陽石はあり

土用芽や泥かきたてて鯉騒ぐ

すててこや園のベンチに鳩よせて

新涼の猫髭ぴんと人を見る

夏炉守る徳《とく》本《ほん》水《すい》を間近くに

名水に石像五六秋の風

一屋に硯師と書家秋の風

秋澄むや楷書行書の千字文

衝羽根に城址の空のひろがりぬ

古酒新酒据ゑて尺物語る会

雨溜めて宇治川べりの実むらさき

秋の蚊のしみじみ人を刺しにけり

盛砂の先端の崩え秋の暮

秋水を渡り返してわが家なる

腕組を解きたり水も風も秋

白樺の林の奥を秋の人

ななかまど蒼天はただ風の音

草の絮ただよふ鷹の消えてより

狩座のままの野ならん鳥兜

霧深くより男女来る鳥兜

御手洗に憩ひてをりぬ茸取

黄落にあり山車蔵も木偶蔵も
小社の枯枝残らず下ろされし

枝打のしすぎを氏子訝りぬ

屯せる猟夫ら径をあけくれし

狩人のどこかさびしき目と会ひぬ

賽人のかたへを抜けて狩の者

東京の大冬晴に出て来たる

平成二十二年

七十四句

豊川上流寒狭川　三句

元旦や妻と来てゐる鴛鴦の淵

鴛《ゑん》鴦《あう》の淵に近々供へ餅

山翡翠の見すゑる淵や雪は霏々

塩出しの数の子沈めある夕べ

風花は城のうたかた地に池に

粥占は一晩かかる待ちにけり

みづうみの今年氷らず粥神事

掛軸の鶴のかへりみ女正月

寒木の幾千本のおし黙る

鍋焼やみづうみ囲む街あかり

いかものを食ひつつ春を待ちにけり

古巣あり山風荒きところなる

治聾酒を飲みつつ人の目を追へる

古漬を囲む老顔涅槃雪

涅槃図の中天に月青ざめる

後園を見つむる春の火桶かな

日輪にかはり月読亀が鳴く

春月のまろきに人と再会す

見下ろせる顔も巣の色柄長なる
雪の果ならんと古老つぶやける

御柱休めの儀ありのしろ寒

連嶺を翔くる鷹あり牧開

牧開きたるばかりなり轍あと

小鳥らも地にはづみけり牧開

柏崎

人泊めてぜんまいを干し鰺を干す

方形に雨垂れしげし蟻地獄

雨霧の四山にのぼる淡竹の子

黒田良夫氏より

妙心寺の筍といふおすそわけ

山蟻の日向に出でて足早し

鉱山《やま》跡の水を引く里草の王

鉱石を庭石として大牡丹

四山みな高し筍流しかな

慈悲心鳥遠き縁の遠き貌

衰へを言ひさし夏の川へ足

緑蔭の向うを噂通り過ぐ

蠛《まく》蠓《なぎ》を追ひやる手見ゆ園の奥

昼間見し巫女に似てをり洗ひ髪

一つ葉や宇治川に沿ふ風のみち

白鷺の遠くへとんで京言葉

鵺聞いて親しくなりぬ京の宿

鵜にさも詳しき人と京の宿

軽鳧の子をみんながかぞへあぐねけり

人々を寄する大きな夏柳

蛇の目の無数のぞめき研究所

湖べりに病者佇むヨットの帆

上越市直江津　二句

裸足となりしづかに波を引き寄する

跣足の跡むかし人買舟ありし

噴水の主張しつづけ誰もゐず

立秋の白鷺としてかざり羽

椿の実拾ひ修善寺泊りなる

ゆう子氏の講演を聴いて

鷹渡る正木ゆう子が渡りけり

のけぞるといふこと久し天の川

少年の日の銀河伸び胸の上
大声で人呼んでゐる秋の影

唐辛子反りまちまちに雨伝ふ

足音がしばらく止まる良夜かな

秋簾ごし過る旅人われも旅人

冷やかの碌山館の筧に掌

陸稲田に入りて墓地をたしかむる

燗よりも冷がよろしき実むらさき

野ぶだうや鷹匠跡の小台地

蓑虫を揺らしてみても詮なきこと

蕎麦掻や木曽に名物女将あり

身の上のこととつとつと雪婆

藪なして茶が咲き宿場はづれなる

北風や孤城めきたる夜の二階

熊《くま》架《だな》と指さして過ぐ詣道

鶫鳴きたたせ枯野の人となる

朽野の鵙となつて消えにけり

霜柱崩しし日ありくづしみる

戸を閉してより木枯のつのりけり

木に登りをなごが二人小六月

熊架をいくつ指差し電工夫

金子正昭氏長野県俳人協会賞

強霜のつづきしあとの誉れなる

平成二十三年

七十七句

宝船掲げず敷かず古稀すぎぬ

風花も尉もしじまのなかのもの

昼酒のはじまつてゐる避寒宿

狼煙台ありて訪ふ寒湯治

店番の砕いてをりぬ日陰雪

日陰雪よりはるかへと鳥翔ちぬ

家々に鯉の水あり春の雪

料峭の沼杉として居並べる

てのひらに載せてくれたる桜貝

つまづける人遠く見ゆ梅林

蕪城忌の鴉がこちらを見たやうな
陽炎の果てのはてなる海嘯碑

沈丁花軒の古びを誇りとし

末黒なる流れの淵に大経師

古草に小さく三角ベースあり

足もとの水透きとほる夕霞

八ヶ嶺のふところ深し鳥の恋

療院の白樺減りぬ鶯の琴

踏みくぼむ畳の間あり花の冷

となりあふ青磁血釉花の冷

返信の二三そのまま春の雷

もらひたる地酒鞄に夕辛夷

限りなくまぶしき野なり草の餅

しやぼん玉どこより墓をよぎるとき

大黒のひとり物干すさるをがせ

ばうばうの梅雨の中なる鷺の思惟

目高絶えしか何回ものぞきこむ

黒南風や階を埋めゆく海の砂

梅雨鴉お宮の松にわだかまる

小判草黄金尽くせり海のきは

来し方のことなどをふとかたつむり
かたつむり時こくこくと過ぎてゆく

盆石も書も黒々と夏座敷

苔玉をしつらへてをり閑古鳥

涼しいといふ眼をしたり湖に向き

雨はげしゼリーに匙を当ててより

一尋を当つ大木の涼しさに

風入の宮を訪ふ村の者

薬草を吊してよりの曝書かな

神域に近き屋敷や書を曝す

遠山に深まる嵐気土用干

夏木立矗《ちく》々酒は桝とせん

うすものの案内に従《つ》きぬ煙雨かな

擦り傷に唾つけて夏行かんとす

新たなるカフェー泉のほとりなる
蓑虫の蓑のくれなゐきはだてる

鬼の子を見つめてをりぬ盆帰り

奥社への地図も詳しく穂屋祭

梶の葉の風にしらめる穂屋祭

靄うすれゆきたる裾野穂屋祭

秋めくと水面へおどけ顔写す

ひぐらしのこゑの中なる地酒かな

羯《ぎやあ》諦《てい》羯諦ひよどりもまた羯諦

姨捨の蒼天をゆく草の絮

榧の実や寺の子唄ひ出て来たる

寺山を抜けてゆきたる薬掘

稲滓火の煙遺跡野這ひのぼる

天高し浮かびては喉鳴らす鯉

富士見高原・進藤一歩句碑〈天の川なほ溯り八ヶ岳〉にて

蛇穴に入りけり句碑を守らんと

日おもてへ出て来たる老返り花

雨だれの向うの木の実真赤なる

追剝の峠や小鳥舌打ちす

けら打つと確信の目を向けにけり

木曽の酒置いて木の実を衣嚢《かくし》より

新しき木の実を加ふ棚の端

たんぽぽコーヒー飲んで枯野の電車見て

書きかけの便りを反故に初時雨
背もたれの冷たし城は身を正す

鯛焼の置かれてありぬ冷えてをりぬ

蠅が来る亀虫が来る日向ぼこ

戸隠の神にぬかづく風邪の神
口切の織部の里をよぎりけり

湯ざめせぬうちといくたび言はれたる

蕪城碑も諏訪湖も冬日まみれなる

自動ドアより寒さうな顔つづく

日輪の樹間にまぶし虎落笛

枯芝のかげろふにビル立ちあがる

平成二十四年

七十句

一室のほか暗きこと歌がるた

耳底より父の節湧く歌がるた

若菜野の一辺吹雪きゐたりけり

年寄が年寄じみて松過ぎぬ

砂浜の足跡深し寒稽古

海べりの鮨屋の二階女正月

女正月障子に声のはねかへり

初音笛享ければ鳩の寄つてくる

初音笛吹いて女がついてくる

捨ててありバケツの形なる氷

陶の里ゆきて茶の花日和なる

誕生日より四五日や御神渡

水分《みくまり》の辺の初午の焚火あと

初午の焚火の跡に寄生《ほや》の影

海雲《もづく》すする音のときどき酔はしおく

残雪の穢れなかりし里に出づ

すぐに会ふ人と別れて春うらら
ぶらんこの鎖に頰をつけて笑ふ

日輪を霧の深きに御開帳

天狗巣に雨霧残る御開帳

枝先に残れる雨滴匂鳥

昨日《きぞ》のことほぐれて来る朝寝かな

虚子の忌の添水に幾度打たれけり

馬駆くる音を遠くに植木市

木の芽田楽峠いくつを越えて来し
ただ老ゆるのみや行く春行く雲に

家ぬちは寒し八十八夜かな

八十八夜百葉箱は野に廃れ

嵐気濃きことを誇れり朴の花

筒鳥を間遠に湖の縞かはる

切株が人の貌めく虎が雨

遺跡野に咲く猿梨の雨しづく

真ん中を占めたる牡丹崩れけり

夏燕多し争ふこともなし

その昔奈良井千軒夏燕

文学のみちへ続きぬ落し文

地を這へる蜘蛛のとどまりては早し

藺座布団をとこ住まひと見えざりし

冷し茶をもてなす震へやまざる手

足どりをゆるめ森林浴となる

廃屋とおぼしきに人梅筵

寺町のかたすみにある梅筵

はるかより見えゐし大緑蔭に入る

いにしへのひとの足音蟻地獄

天仰ぐ滴り見つめゐし男

汗が身を洗ひてをりぬ憩ひけり

川上に泳ぎ処《ど》ありぬ子等の声

鋏虫前方後円墳はさむ

掃苔の汲む流れ疾《と》しよろけたる
大いなる杜の控へぬ盆の町

片雲の秋とはなりぬ芭蕉像

秋風の女を鳩の十重二十重

秋風に鳩をひきつれたる女

秋涼し庭の藪より朝の妻

秋郊の白樺に人集《よ》りたがる

猿酒や孝行猿の山深し

真つ直ぐも傾くも杙秋の影

苔もまた造園の材露光る

水引の雨に庭師の病めりけり

黄落をくぐり猫くる妻がくる

あたため酒いくたびも世につまづきし

番匠の白髪ゆたに初しぐれ

大冬木伐られぬ万霊塔の脇

湯治客冬の小鳥を数へては

少年羨しマフラーを背へ放つとき

鯛焼を売るかたはらに鳩の餌も

葱干してある新聞紙風に鳴る

遊船の案内のしきり雪やまず

思ふとはたがへる流れ落葉降る

年惜しむ連衆暗き灯のもとに

あとがき

『見たやうな』は私の第五句集、平成二十年から二十四年の五年間の三三三句を載せた。「夏爐」の多くの仲間に誘われ、諏訪・伊那・松本等に遊んだ。また近県の「中部夏爐」、「東京夏爐」の連衆とも会し、そして鍛練会、大会と句を培った。

いざまとめてみると、これという作品もないが、これが私の今の姿である。今後とも精進あるのみ。

句集名は諏訪湖での作、

蕪城忌の鳰がこちらを見たやうな

からとった。まだまだ至らない私に木村蕪城先生の向ける目と思った。

今回も自分のメモとして季語別索引を添えた。
このたびは「俳壇」の安田まどか様のお世話で出版出来る機会を得、ご援助いただいたことを感謝している。

平成三十年七月

古田　紀一

季語別索引

春

【時候】

春寒（料峭）　料峭の沼杉として居並べる　112
春の暮　オルゴール止まる一韻春の暮　42
麗ら（春うらら）すぐに会ふ人と別れて春うらら　159
花冷（花の冷）　踏みくぼむ畳の間あり花の冷　118
　　となりあふ青磁血釉花の冷　118
苗代時（のしろ寒）　御柱休めの儀ありのしろ寒　79
春深し（春闌く）庭木みな二代三代春闌ける　12
八十八夜　家ぬちは寒し八十八夜かな　164
　　八十八夜百葉箱は野に廃れ　164
行く春　ただ老ゆるのみや行く春行く雲に　163

【天文】

春の月（春月）　春月のまろきに人と再会す　77
彼岸西風　表札を剝がしたるあと彼岸西風　41
春の雪　家々に鯉の水あり春の雪　112
春の雷　返信の二三そのまま春の雷　119
雪の果　古漬を囲む老顔涅槃雪　75
（涅槃雪）　雪の果ならんと古老つぶやける　78
霞（夕霞）　碑に安寿厨子王海霞む　14
　　慰霊碑や人買船の霞む沖　14
　　足もとの水透きとほる夕霞　116
陽炎　ちちははははるかなる先かげろへる　13
　　陽炎の果てのはてなる海嘯碑　114

【地理】

焼野（末黒）　末黒なる流れの淵に大経師　115
残る雪　店番の砕いてをりぬ日陰雪　111
（残雪・日陰雪）日陰雪よりはるかへと鳥翔ちぬ　111
　　残雪の穢れなかりし里に出づ　158
雪解　大き家のしづまりかへる雪解かな　8

【生活】
初午　水分の辺の初午の焚火あと　157
初午の焚火の跡に寄生の影　157
卒業　屯すも颯々たるも卒業期　41
木の芽田楽　木の芽田楽峠いくつを越えて来し　163
草餅　限りなくまぶしき野なり草の餅　120
治聾酒　治聾酒を飲みつつ人の目を追へる　75
春火鉢（春火桶）　後園を見つむる春の火桶かな　76
植木市　馬駆くる音を遠くに植木市　162
牧開　連嶺を翔くる鷹あり牧開　79
牧開きたるばかりなり轍あと　80
小鳥らも地にはづみけり牧開　80
野遊　野遊に遅れ加はる人の声　42
凧（いかのぼり）　砂丘いま形変へつついかのぼり　9
足もとの砂刳る凧いかのぼり　9
石鹼玉　しやぼん玉どこより墓をよぎるとき　120
鞦韆（ぶらんこ）　ぶらんこの鎖に頰をつけて笑ふ　159
朝寝　昨日のことほぐれて来る朝寝かな　161

【行事】
涅槃会（涅槃図）　涅槃図の中天に月青ざめる　76
開帳（御開帳）　日輪を霧の深きに御開帳　160
天狗巣に雨霧残る御開帳　160
福寿草まつり　福寿草まつりや山羊の乳も売り　40
蕪城忌　山鳩のこゑが身を過ぐ蕪城の忌　10
蕪城忌の鴉がこちらを見たやうな　114
西行忌　拾ひたる棒突いてみる西行忌　11
赤彦忌　頰白のまだ群れ解かず赤彦忌　10
虚子忌　虚子の忌の添水に幾度打たれけり　162

【動物】
猫の恋（恋猫）　恋猫や葬祭けふはなき館　40
亀鳴く　日輪にかはり月読亀が鳴く　77
鶯（匂鳥）　枝先に残れる雨滴匂鳥　161
鷽　療院の白樺減りぬ鷽の琴　117
鳥交る（鳥の恋）　八ヶ嶺のふところ深し鳥の恋　117
鳥の巣　見下ろせる顔も巣の色柄長なる　78
古巣　古巣あり山風荒きところなる　74

桜貝　桜貝海はふたたび遠きもの　13
てのひらに載せてくれたる桜貝　113
蝶（瑠璃蛺蝶）　海見ゆる丘に生まるる瑠璃たては　17

【植物】

梅　つまづける人遠く見ゆ梅林　113
落花（花吹雪）　写生子に托鉢僧に花吹雪　43
虚ろよりいくたび戻る花吹雪　44
辛夷　小高きへ小道はありぬ花辛夷　43
もらひたる地酒鞄に夕辛夷　119
沈丁花　沈丁花軒の古びを誇りとし　115
雀隠れ　雀らに雀隠れや休館日　45
古草　古草に小さく三角ベースあり　116
薇　人泊めてぜんまいを干し鰺を干す　81
狐の牡丹　耶蘇地蔵までの狐の牡丹かな　15
種漬花　峡深し種漬花に捨てたる田　11
蹋み見て種漬花の揺れどほし　12
海雲　海雲すする音のときどき酔はしおく　158

夏

【時候】

小満　小満や出席の諾はやばやと　47
身を少しずらし涼しくなりにけり　21
涼し　涼しいといふ眼をしたり湖に向き　126
一尋を当つ大木の涼しさに　127
夏の果（ゆく夏）　擦り傷に唾つけて夏行かんとす　130

【天文】

南風（大南風）　走り根の隆々とあり大南風　50
黒南風　黒南風や階を埋めゆく海の砂　122
筍流し　四山みな高し筍流しかな　84
風死す　風死して物音もなし金気水　20
梅雨　ばうばうの梅雨の中なる鷺の思惟　121
梅雨鴉お宮の松にわだかまる　123
虎が雨　切株が人の貌めく虎が雨　166
炎天　炎天の焚火燻り鵯猛り　19

散りはじむ炎天の野の人だかり　46

【地理】

夏の川　衰へを言ひさし夏の川へ足　85
代田（田水張る）　種播爺常念坊と田水張る　44
泉　新たなるカフェー泉のほとりなる　131
滴り　天仰ぐ滴り見つめゐし男　173
滝　謡ひけり滝を崇める人々ら　16

【生活】

羅　うすものの案内に従きぬ煙雨かな　130
すててこ　すててこや園のベンチに鳩よせて　53
汗拭ひ　汗拭ひ小心身透かされにけり　48
梅干　廃屋とおぼしきに人梅筵　171
寺町のかたすみにある梅筵　171
冷し茶　冷し茶をもてなす震へやまざる手　170
アイスクリーム（シャーベット）　また外へ出づシャーベット食べし児ら　51
ゼリー　雨はげしゼリーに匙を当ててより　126
夏炉　夏炉守る徳本水を間近くに　54
夏座敷　盆石も書も黒々と夏座敷　125
噴水　噴水の主張しつづけ誰もゐず　92
夏座蒲団（藺座布団）　藺座布団をとこ住まひと見えざりし　169
香水　香水やフランス山へ船の笛　17
虫干（曝書・書を曝す・土用干・風入）　風入の宮を訪ふ村の者　127
薬草を吊してよりの曝書かな　128
神域に近き屋敷や書を曝す　128
遠山に深まる嵐気土用干　129
草刈　草刈女疎水に己が身を写し　19
納涼（涼む）　通るとき声かけてくる涼みびと　20
ヨット　湖べりに病者佇むヨットの帆　91
泳ぎ　川上に泳ぎ処ありぬ子等の声　174
水中花　水中花置いてさみしき顔を見す　21
跣（跣足）　裸足となりしづかに波を引き寄する　91
跣足の跡むかし人買舟ありし　92
森林浴　足どりをゆるめ森林浴となる　170
髪洗う（洗い髪）　昼間見し巫女に似てをり洗ひ髪　87
汗　汗みんな出て魂も抜けにけり　18
汗が身を洗ひてをりぬ憩ひけり　173

【行事】
祭　裏方は巻尺持って祭まへ　52
【動物】
蜥蜴　家ぬちの暗し蜥蜴を見たるあと　15
蛇　蛇除けの棒持ち歩き地に詳し　49
蛇の目の無数のぞめき研究所　90
時鳥　森抜けて来し顔白しほととぎす　50
郭公（閑古鳥）　苔玉をしつらへてをり閑古鳥　125
筒鳥　筒鳥を間遠に湖の縞かはる　165
慈悲心鳥　慈悲心鳥遠き縁の遠き貌　85
軽鳧の子　軽鳧の子をみんながかぞへあぐねけり　89
白鷺　白鷺の遠くへとんで京言葉　88
夏燕　夏燕多し争ふこともなし　167
その昔奈良井千軒夏燕　168
虎鶫（鵺）　鵺聞いて親しくなりぬ京の宿　88
鵺にさも詳しき人と京の宿　89
目高　目高絶えしか何回ものぞきこむ　122
落し文　文学のみちへ続きぬ落し文　168
蟬　蟬暑し蟬涼し杜抜けにけり　22
蠛蠓　蠛蠓を追ひやる手見ゆ園の奥　86
蟻地獄　方形に雨垂れしげし蟻地獄　81
いにしへのひとの足音蟻地獄　172
鋏虫　鋏虫前方後円墳はさむ　174
紙魚　紙魚の書に向かひたらんに逝きにけり　16
蟻（蟻の道）　菩提樹の許にはじまる蟻の道　49
山蟻の日向に出でて足早し　83
蜘蛛　地を這へる蜘蛛のとどまりては早し　169
蝸牛　来し方のことなどをふとかたつむり　124
かたつむり時こくこくと過ぎてゆく　124
蚯蚓　大伸びに蚯蚓のよぎる雨の道　48
【植物】
牡丹　髭もじやらなる男をり大牡丹　45
鉱石を庭石として大牡丹　84
真ん中を占めたる牡丹崩れけり　167
夏木立　夏木立轟々酒は桝とせん　129
木下闇（下闇）　下闇のどこかに陰陽石はあり　52
緑蔭　緑蔭の向うを噂通り過ぐ　86

はるかより見えゐし大緑蔭に入る 172
土用芽　土用芽や泥かきたてて鯉騒ぐ 53
桐の花　古町の二階の座敷桐の花 46
朴の花　嵐気濃きことを誇れり朴の花 165
椎の花　異人墓碑建てしは女人椎の花 18
猿梨の花　遺跡野に咲く猿梨の雨しづく 166
夏柳　人々を寄する大きな夏柳 90
向日葵　向日葵は日にまみれ村ひそかなる 51
小判草　小判草黄金尽くせり海のきは 123
筍（淡竹の子）　雨霧の四山にのぼる淡竹の子 82
妙心寺の筍といふおすそわけ 82
蕺菜　蕺菜やわが庭を誰が抜けゆきし 47
白屈菜（草の王）　鉱山跡の水を引く里草の王 83
一つ葉　一つ葉や宇治川に沿ふ風のみち 87
松蘿　大黒のひとり物干すさるをがせ 121

秋

【時候】

秋　腕組を解きたり水も風も秋 59
白樺の林の奥を秋の人 60
大声で人呼んでゐる秋の影 95
片雲の秋とはなりぬ芭蕉像 176
真つ直ぐも傾くも杙秋の影 179
立秋　立秋の白鷺としてかざり羽 93
秋めく　秋めくと水面へおどけ顔写す 134
新涼（秋涼し）　新涼の猫髭ぴんと人を見る 54
秋涼し庭の藪より朝の妻 177
秋の暮　盛砂の先端の崩え秋の暮 58
秋澄む　秋澄むや楷書行書の千字文 56
冷やか　冷やかの碌山館の筧に掌 97

【天文】

秋高し（天高し）　天高し浮かびては喉鳴らす鯉 137

良夜　足音がしばらく止まる良夜かな　96
天の川（銀河）　のけぞるといふこと久し天の川　94
少年の日の銀河伸び胸の上　95
秋風（秋の風）　名水に石像五六秋の風　55
一屋に硯師と書家秋の風　55
秋風の女を鳩の十重二十重　176
秋風に鳩をひきつれたる女　177
露　苔もまた造園の材露光る　179
【地理】
秋の野（秋郊）　秋郊の白樺に人集りたがる　178
秋の田（陸稲田）　陸稲田に入りて墓地をたしかむる　98
秋の水（秋水）　秋水を渡り返してわが家なる　59
【生活】
温め酒　あたため酒いくたびも世につまづきし　181
古酒　古酒新酒据ゑて尺物語る会　57
猿酒　猿酒や孝行猿の山深し　178
簾名残（秋簾）　秋簾ごし過る旅人われも旅人　97
稲滓火　稲滓火の煙遺跡野這ひのぼる　137
薬掘る　寺山を抜けてゆきたる薬掘　136
蔓たぐり　墓見えて二のふるさとや蔓たぐり　26
月見　静かなるアメリカ帰り月見酒　24
茸狩（茸取）　御手洗に憩ひてをりぬ茸取　62
【行事】
御射山祭（穂屋祭）　奥社への地図も詳しく穂屋祭　132
梶の葉の風にしらめる穂屋祭　133
靄うすれゆきたる裾野穂屋祭　133
盂蘭盆会（盆）　鬼の子を見つめてをりぬ盆帰り　132
大いなる杜の控へぬ盆の町　175
墓参（掃苔）　掃苔の汲む流れ疾しよろけたる　175
【動物】
熊栗架を掻く（熊架）　熊架と指さして過ぐ詣道　102
熊架をいくつ指差し電工夫　105
蛇穴に入る　蛇穴に入りけり句碑を守らんと　138
鷹渡る　頂上に杖捨ててあり鷹渡る　25
鷹渡る正木ゆう子が渡りけり　94
小鳥　追剝の峠や小鳥舌打す　139

鵯　羯諦羯諦ひよどりもまた羯諦　135
啄木鳥（けら）　けら打つと確信の目を向けにけり　140
秋の蚊　秋の蚊のしみじみ人を刺しにけり　58
蜩　ひぐらしのこゑの中なる地酒かな　134
蓑虫　蓑虫を揺らしてみても詮なきこと　99
　蓑虫の蓑のくれなゐきはだてる　131

【植物】

梨（長十郎）　山霧に長十郎の木を残す　23
黄落　黄落にあり山車蔵も木偶蔵も　63
　黄落をくぐり猫くる妻がくる　180
木の実　雨だれの向うの木の実真赤なる　139
　木曽の酒置いて木の実を衣嚢より　140
　新しき木の実を加ふ棚の端　141
椿の実　椿の実拾ひ修善寺泊りなる　93
ななかまど　ななかまど蒼天はただ風の音　60
榧の実　榧の実や寺の子唄ひ出て来たる　136
紫式部（実紫）　雨溜めて宇治川べりの実むらさき　57
　燗よりも冷がよろしき実むらさき　98
野葡萄　野ぶだうや鷹匠跡の小台地　99
衝羽根　衝羽根に城址の空のひろがりぬ　56
夜顔　夜顔の開きはじめし左馬　22
コスモス（秋桜）　人ごゑのあたりに散つて秋桜　25
唐辛子　唐辛子反りまちまちに雨伝ふ　96
草の穂（草の絮）　草の絮ただよふ鷹の消えてより　61
　姨捨の蒼天をゆく草の絮　135
草の香　部屋にゐて草の香強き日なりけり　23
荻　縄文の講演聴きに荻すすき　24
水引の花（水引）　水引の雨に庭師の病めりけり　180
鳥兜　狩座のままの野ならん鳥兜　61
　霧深くより男女来る鳥兜　62

冬

【時候】

冬　館に入るぞろぞろ冬の匂ひもて　30
　展示せる電話一番冬の里　30
小春（小六月）　木に登りをなごが二人小六月　104
年惜しむ　年惜しむ連衆暗き灯のもとに　185

寒の内（寒・寒九）　烈風に耳を失ふ寒九かな　38
狼煙台ありて訪ふ寒湯治　110
冷たし　背もたれの冷たし城は身を正す　142
寒し　自動ドアより寒さうな顔つづく　146
凍る（凍ゆ）　ゐまひけり凍えきつたる声をもて　37
春待つ（春を待つ）　いかものを食ひつつ春を待ちにけり　74

【天文】
冬日　蕪城碑も諏訪湖も冬日まみれなる　145
冬日和（冬晴）　東京の大冬晴に出て来たる　66
凩（木枯）　戸を閉してより木枯のつのりけり　104
北風　北風や孤城めきたる夜の二階　101
虎落笛　日輪の樹間にまぶし虎落笛　146
初時雨　書きかけの便りを反故に初時雨　142
番匠の白髪ゆたに初しぐれ　181
霜（強霜）　強霜のつづきしあとの誉れなる　105
雪　山翡翠の見するゐる淵や雪は霏々　70
遊船の案内のしきり雪やまず　184
風花　風花は城のうたかた地に池に　71
風花も尉もしじまのなかのもの　109
吹雪（地吹雪）　地吹雪にわれ一塊となりにけり　8

【地理】
枯野　鶫鳴きたたせ枯野の人となる　102
たんぽぽコーヒー飲んで枯野の電車見て　141
くだら野　朽野の鶫となつて消えにけり　103
霜柱　霜柱崩しし日ありくづしみる　103
氷　捨ててありバケツの形なる氷　155
御神渡　誕生日より四五日や御神渡　156

【生活】
七五三の祝（七五三）　姨捨の麓の宮の七五三　27
寒稽古　砂浜の足跡深し寒稽古　153
冬服　冬服を鎧ひさびしき両手かな　29
襟巻（マフラー）　少年羨しマフラーを背へ放つとき　183
蕎麦掻　蕎麦掻や木曽に名物女将あり　100
鯛焼　鯛焼の置かれてありぬ冷えてをりぬ　143
鯛焼を売るかたはらに鳩の餌も　183

鍋焼　鍋焼やみづうみ囲む街あかり　73
ストーブ　もてなしやストーブに湯の吹きこぼれ　27
口切　口切の織部の里をよぎりけり　144
狩　賽人のかたへを抜けて狩の者　65
猟人（猟夫）　屯せる猟夫ら径をあけくれし　64
狩人のどこかさびしき目と合ひぬ　65
鷹匠　鷹匠の鷹のかなしき声発す　28
鷹狩（放鷹）　放鷹や羽裏の縞のきはやかに　28
枝打（枯枝卸す）　小社の枯枝残らず下ろされし　63
枝打のしすぎを氏子訝りぬ　64
避寒（避寒宿）　昼酒のはじまつてゐる避寒宿　110
風邪（風邪の神）　戸隠の神にぬかづく風邪の神　144
日向ぼこり（日向ぼこ）　蠅が来る亀虫が来る日向ぼこ　143
湯ざめ　湯ざめせぬうちといくたび言はれたる　145
【動物】
兎　つと音の絶えて兎の耳目かな　31
隼　隼の風の眼光たかたぬき　39
冬の鳥　湯治客冬の小鳥を数へては　182
寒雀（ふくら雀）　木へ移りふくら雀となりにけり　29
寒鯉　荒行の山のはだかる寒の鯉　7
寒鯉の水のしづまる祝ごと　7
綿虫（雪婆）　敗将として綿虫のただよへる　26
身の上のことをつとつと雪婆　100
【植物】
返り花　日おもてへ出て来たる老返り花　138
茶の花　藪なして茶が咲き宿場はづれなる　101
陶の里ゆきて茶の花日和なる　156
落葉　思ふとはたがへる流れ落葉降る　185
冬木（寒木）　寒木の幾千本のおし黙る　73
大冬木伐られぬ万霊塔の脇　182
葱　葱干してある新聞紙風に鳴る　184
枯芝　枯芝のかげろふにビル立ちあがる　147

新年

【時候】

元日（元旦）　元旦や妻と来てゐる鴛鴦の淵　69

松過　年寄が年寄じみて松過ぎぬ　152

女正月　掛軸の鶴のかへりみ女正月　72

女正月障子に声のはねかへり　154

海べりの鮨屋の二階女正月　153

【地理】

若菜野　若菜野の一辺吹雪きゐたりけり　152

【生活】

鏡餅（供へ餅）　鴛鴦の淵に近々供へ餅　69

宝船　宝船掲げず敷かず古稀すぎぬ　109

削掛（でえもんじ）　でえもんじ里曲ひそかに刻移る　35

松籟を誘ひたりけりでえもんじ　36

でえもんじ撓ひしなひて犬吠ゆる　36

仙丈岳に見ゆる雪煙でえもんじ　37

数の子　塩出しの数の子沈めある夕べ　70

歌留多　歌留多して一家に炬燵一つなる　38

一室のほか暗きこと歌がるた　151

耳底より父の節湧く歌がるた　151

絵双六　座をはづしたる母呼びに絵双六　39

初音売（初音笛）　初音笛享ければ鳩の寄つてくる　154

初音笛吹いて女がついてくる　155

寝正月　庭に出て鴉に啼かる寝正月　35

【行事】

粥占　粥占は一晩かかる待ちにけり　71

みづうみの今年氷らず粥神事　72

著者略歴

古田紀一（ふるた・きいち）

昭和16年２月１日　東京都生れ
昭和35年　木村蕪城に師事
平成16年　蕪城の「夏爐」継承主宰

著　　書　句集『冬鵙』『蘇堤白堤』『紫屋』『一扁舟』
　　　　　『自註現代俳句シリーズ　古田紀一集』
　　　　　他に『木村蕪城全句集』・『蕪城季語』編

現住所　〒393-0086
　　　　長野県諏訪郡下諏訪町清水町4555-38
　　　　Tel　0266-28-4564

夏爐叢書91

句集　見《み》たやうな　　平成の100人叢書㊲
2018年８月30日　発行
定　価：本体2700円（税別）
著　者　古田　紀一
発行者　奥田　洋子
発行所　本阿弥《ほんあみ》書店
東京都千代田区神田猿楽町2-1-8　三恵ビル　〒101-0064
電話　03(3294)7068㈹　　振替　00100-5-164430
印刷・製本　日本ハイコム株式会社

ISBN 978-4-7768-1382-8（3098）　Printed in Japan